エブリ、シャラ、ラ、ラ

よでん圭子
Keiko Yoden

Parade Books

目次

カット・題字
よでん圭子

はじめに

　昭和三十年代、関西の京阪電車が乙女専用電車を走らせていた。野生児のような私には不似合いな通学スタイルではあったが、乗車しないと叱られるので毎日乗って学校へ行った。令和ババアとなり、その頃の新鮮な景色が環状線のように帰って来た。

　戦後に生まれ、テクノロジーはものすごい勢いで進化した。石を投げれば絵描きに当たっても不思議ではない平和大国日本。ずっとマイペースで歩いて来たが、エブリ、シャラ、ラ、ラ、……令和で脱皮しそこなった。多くの良いモノが絶滅し、便利なモノが激増した。それを享受していくことに耐えられない。地球温暖化、コロナ、戦争……と由々しき一大事だらけではないか。電流のように昔の記憶がよみがえる。戻ってきた乙女電車に乗ってこれからの進行形を続けたいものだ。

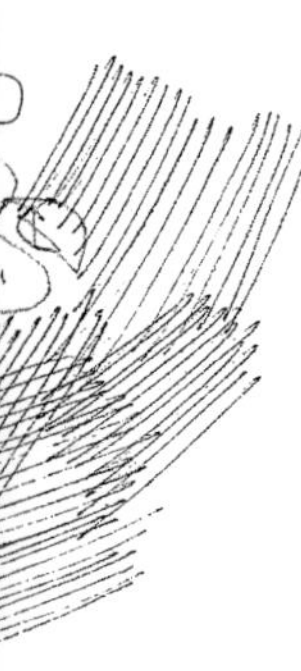

地球人の夏

ハンバーガーの店で注文したら、店頭の可愛い女の子の言葉が聞き取れない。ベトナム人？　カンボジア人？　それともタイ人か。「ここで召し上がりますか？」と聞かれたことに、怪しい日本語であることにやっと気付いた。街中に外国人が元気よく歩いていて、「マッチャ」「フロシキ」を買い、名古屋めし屋で行列をつくっている。自分が旅行者のような錯覚も感じている。いつか日本人も地球人の一種としてアジアの濁流に消えてしまいそうだ。

席に着くと、先日ガラケーを失くしてしまって、しかたなく買ってしまったスマホがブツブツ言っている。勝手に出てきた画面をチェックすると、ニュースのお知らせで、「記録的高温」とか「大雨特別警報」など、過激なしかし、近年は平凡になってしまった気象情報が出ている。大変な土砂災害があったが、これから一体幾つの非常に強い台風がやって来るのだろう。とにかく大雨が止んだ。夏本番だ。かつてココロとカラダを動かす景気づけに夏は「ラムネ」「冷やしあめ」「ニッキ水」など、レトロな飲み物があったが、もう絶滅寸前。一回もそれにトライしたことの無い（可哀想な？）お子様も増加中だ。甘すぎる、色がエグイ。ひょうたんボトルが笑える…などにぜひ復活してもらいたい。夏の五感を導くのはそんなパワーのある飲み物だ。どんなに暑くても日本の夏を歩き回り、無国籍ムードのゆかたを着たニセ日本人といっしょに楽しみたい。コーラとハンバーガーの昼食を済ませてしみじみとレトロな飲み物を思い出した。

今日誰が死んでも若葉増えていく
五月のせいと言われるだろう

「十六時二十八分ハルコ待つ」
一枚のメモをホームに拾う

我に告ぐる羽

コロナ禍、飢餓めし

自分がいままで生きてきた中で、コロナウイルスほど、あっという間に平等に、グローバルに世界に広がっていったものはないだろう。「世界は一つ」「地球は一つ」と聞くとハッピーな感じだが、今回はその正反対だ。世界中が目に見えぬウイルスにおびえ、一月以来、もう半年以上が収束の見えない厳戒下にある。

みんなが在宅、自粛、締まりのない毎日を過ごし、心底、笑える日がいつ来るのかも明確に知ることができない。夏の風景を楽しもうと外出したら、朝から差すように太陽光線が攻めてきた。こんな中でも、無自覚のままゆっくりと長生きして人類は進んでいくのだろう。

いま、敵はコロナウイルスで、戦国時代である。城に籠もらされているのだから、敵はお楽しみなどの飢え殺しを待っているのだ。映画、コンサート、バカ騒ぎ、祭り、ヌードのデッサン会など……全てカットされて、ひたすら籠城、立てこもりで時を過ごす。

そんなご時世、あまり料理好きではない私は、せっせと携帯食のようなものを作り始めた。忍者めし、兵糧丸（ひょうろうがん）のようなパワーの源泉、オリジナルのカロリーメイト作りである。

黒砂糖、きな粉、ゴマ、シナモン、クルミ、薬草、小麦粉などを水でまとめて焼くと出来上がり。水分を飛ばすと、長期の保存に耐えられる。効果は疲労回復、ダイエット、血圧安定などが噛めば噛むほどにうま味が凝縮されて、気に入っている。コロナという敵に囲まれて、食糧やお楽しみ経路を閉ざされ、飢え死になんかしてなるものかというわけだ。

窓の外にはムクムクと入道雲、私の戦闘力もあんな形で大きくなりたい。そうだ。ポストコロナになったら、この兵糧に岡崎の八丁みそを加え、名古屋めしを作ろう。

うおのぞき

英語でトラは「タイガー」、ゾウは「エレファント」。ではカッパは？　ここでウーンと考えたら思考が固定してしまっている。

秋嫌いという訳ではないが、しみじみとした秋風の朝、固定ムードにハマってしまいそうと思ったら「人のぞき」に行ってこよう。

あの福沢諭吉が、幕末パリの水族館を観て「海鳥も瑠璃に入れ時どき新鮮の海水を与えて生きながら貯えり」と感心したそうだ。その後の明治十五年九月、上野に日本初の水族館が開設された。その観魚室の名は「うおのぞき」だったそうだ。なんだかちょっとわくわくするネーミングではないか。

私は油絵の絵描きで、女性ヌードを中心に描いているためか、人間を観察することが大好きだ。ちょっと怪しいかもしれないが、名古屋駅のナナちゃん人形の下で立ち止まり、「人のぞき」する。雑食性中型哺乳類の顔や姿行動様式を眺めるのだ。場所は駅のコンコースやショッピングセンターの広場、電車の中などいくらでもある。風景全体が巨大水槽のように思われ、雑音も、風や空気もガラス越しになって絵画のようになる。なにもかもが奇麗な画像という感じだ。

　赤いドレスの女はカサゴ、早足のサラリーマンはイワシ、デパ地下は岩場や竜宮城で、おじさん河豚（失礼）、チョウチョウ魚カップル、駅のホームの空にはサヨリや飛び魚が飛行している。海蛇電車や赤いイモムシも通過する。こんな観察をしている図々しい私はフナ虫か。

　年を重ねても子供のようにキョロキョロして落ち着かなく、人のぞき根性を発揮してイザリ魚のようになってしまっても続けよう。

言葉にはならないうちに水に流す
アノヒノコトハユルシテアゲル……

足もとにふいに転がりこんで来し
ゴムマリ状の春を抱き寄す

五月闇

令和の脱皮

夢の実現という山登りのような考えはもともとなくて、小山を超えて歩いてきたような生活をしてきた。振り返れば全てシャラ、ラ、ラ……とカーペンターズの歌が流れて、小山が続いていている。

「令和」の時代になった。脱皮しそこなった蝉の幼虫のような気持ちだ。経済も文化もすさまじく成長した六十、七十年代を思い返す。宇宙旅行が普通になり、ロボットが配偶者になる時代がきても、あんなにパワフルで面白いことはもう体験できないような気がしている。しかし、エブリ、シャラ、ラ、ラなのだ。輝く景色を見送って「令和」の人に脱皮しよう。

絵画の世界はデザインほどではないが、変わった。油絵のことを「洋画」と呼ばなくなった。江戸の終わりころから西洋画法の研究が始まり、技法も含めて自分たちのものにしようとした歴史の中から生まれてきた言葉だ。今はただ材質のみにポイントがおかれている。○○美術大学芸術学部洋画科は、「油画」コースに変わった。あぶらではなく、「ゆが」と読ませている。洋画科卒業の私は、格好悪いのだ。ついでに今はほぼ絶滅した小学校からの女子校を十二年間、幸福のオリの中でお絵描きなどして過ごさせてもらった。

東京に行くと悪い女になりますと、高校教師の親切な助言もあり、女子美術大学に入学した。しかし、そこの女たちはミッションスクールの女の子と異なる人種が、激しい渦を巻いていた。大阪から東京へ行き、まず一度目の脱皮をした。まあ、楽しかったからそれでよかった。今度の脱皮後は輝くのだろうか。

ラーメンのルーツ訪ねて

「今、気温四〇度のカシュガルの街にいます」。一カ月かかって自宅宛てに出した絵はがきが届いた。熱風と太陽の日差しが感じられた一枚だ。

絵を描くことは一人で世界中を歩くバックパッカーの行動と似ている。しかしただ「ラグメン」と呼ばれるラーメンのルーツを訪ねて行きたくて、ユーラシア大陸の再内陸部の旅に向かったのだが、思い描いていたシルクロードのイメージとは少し違っていた。

単身、タクラマカン砂漠を歩くというのはキツイので、友人と二人、列車で新疆ウイグル自治区のオアシス都市に移動してみた。〝ちょっと振り向いてみただけの異邦人〜〟というような歌が昔あったが、そんな感じを抱いた。ウイグル美人、フルーツ天国、見渡す限りの荒野の中にラクダもいた。

中央アジアのラーメンは羊肉、トマト、ピーマンを中心にバリエーションがあり、干しブドウ入りピラフ「ポロ」と一緒に食べる。日本ならチャーハン・ラーメン定食っていうところだろう。値段はラグメンが二百円くらいで、食堂内ではウイグル人たちは、まだ手を使ってポロを食べていた。

ＮＨＫテレビでかつて放送されたシリーズ「シルクロード」の大ブームも終わり、中国の西部大開発の号令の下で開発が進められ、あまり政治に関心のない私も、少数民族の問題などを考えざるを得ない面もあった。

世界一のお巡りさん密度の高い監視ムードのウルムチの街を歩いた。夜行列車で中国語の勉強をするウイグル人、祈りの音のないイスラム寺院など…ちょっと寂しい安全地帯みたいな印象をもった。ものすごいスピードでいまも成長し続ける中国、だけどカシュガル駅のトイレは、まだドア無しで少しホッとした。

一時間椅子に座っていられない
性質背負いゆく縦走路

水玉の模様を作り幾千の
わたしになろう回復の時刻(とき)

夕

紙製品で元気な社会

美術大学の油絵科を卒業しても絵を描くだけではお金にはならないと感じ、就職をしようと考えた。入社テストは詩を読んで、そのイラストをイメージして描くという内容だったが、なにしろアクの強い油絵を描いていた私は、「メルヘン調」を心がけ、アク抜き人格でイラストのデザイン室に入社できた。

レイアウト、写植文字を配置して手貼りで版下作成をするという大変な、しかし幸福感に満たされたアナログ時代だった。ノート、ギフトカード、レターセットなどの紙製品文具業界、そのころ日本にはたくさんのメーカーがあった。ちなみに白ネコのキティちゃんが生まれたばかりの某メーカーの求人も出ていたが、自分のオリジナルが発売されない予感がし、そこは受けなかった。今多くのファンシーメーカー（古い言葉？）は縮小されたが、生き残り、世界に拡大したのがその白ネコの会社だけである。百円ショップにしらーっと並ぶ、文具たち。

町の本屋が減り、出版物はピーク時の半分と聞く。手紙から転機をつかんだり、雑誌からカルチャーを吸収したりしたかつての時代。新聞の世論はみんなで共有する読み物として無しではやっていけないものだった。ＳＮＳ、メール、安価に作れる出版物、スマホの情報は良いも悪いも混じって放出されているもの。

紙製品は再び浮上して、会社を元気にしていくだろう。弱体化しているのではなく、数は減っても価値は上がっていくはず。若き日から紙製品メーカーで育てられた私は思う。

人間には、整理して整えていく本能があり、それは紙製品に残される。

花盛り春のさなかは乙女等の

白き腕（かひな）もひそやかに伸ぶ

〈コイビトヨオネガイダカラスグニキテ〉

古き鏡の鐘鳴り止まず

花の腕

スキ間を生きる怪人たち

奄美大島の空港からひたすら西に向かって、船に乗って加計呂麻(かけろま)島に渡ると小さな小川に餌付けされた大ウナギが何匹も住んでいる集落がある。

小川ではそれぞれの身にあった隙間にすっぽりと魚体を沿わせ、気持ちよさそうに泳ぎ、地元の人たちや旅人を楽しませている。時に頭を出したり、前身をあらわに出して泳いで見せたり、そのスキ間暮らしの面白いこと。

ウナギの直径は、オトナの腕ぐらいのも普通にいて、しかも川は浅く、背中が水上に出てしまったりもするのだ。こんなスキ間暮らしは初めて見た。ゴキブリ、イソガニ、ダンゴ虫、プラナリアなどスキ間を生きるやつほど、怪しくも愛おしいオーラのあるものが多い。

隙間産業という言葉を耳にするようになってから随分になる。価格競争にあまり巻き込まれず、小規模ながら必要とされている産業のことだ。やはり、独特のオーラを放ちながら逞しく生きている人たち、料亭の会席料理の飾りを求めて、山の風流な草花を集める人、鉱物を求めて旅する山師。時代の最先端のエンジニアなんかはスキ間を生きる怪人なのか。

私のようにボーッと生きていたら、何のお宝も発見できず、チコちゃんに叱られてしまうのだ。

これは人間の根本に係わる意識の深層世界だ。フロイトやユングが言うところの無意識下の世界を知っている人たちか。ちょっとコワイ。現代アート花盛りで、なんか面白くない美術界に、スキ間狙いの時代後れの○○とか××とか……つい考え込んでしまった。

炎天に失いしものヒトツ……　フタツ……
数える指に火が着きそうだ

ダダダダ……　と機械で畑を打っていく
農夫のように我は絵を描く

暴れ模様

個展とコロナせめぎ合い

穏やかな初夏の光の中に時おり、吹き抜ける風はいつもと変わらないのに、日本中に国から要請が出され、部屋に篭もり、自由に出歩くこともできなくなった。長い休暇が手に入ったというよりは、「Ｈｏｕｓｅ！」と、ご主人様に言われた犬になったような状態である。

ラテン語で「冠」を意味するコロナの尊いイメージは、新型ウイルスのせいでズタズタに破壊された。

宣言解除後のこのごろ、やっと名古屋の街に日常が戻り始めている。我慢をマスクで隠して頑張ったよねと、免疫力を高めようと大食いして太った身体、洗いすぎでピリピリする手をなでながらしみじみ思う。

私の絵画展が始まって二十分後に、独自の「愛知県非常事態宣言」が出された。企画展を中止するのも心苦しく、近隣の西三河の刈谷美術館も開館していたし、前日に展示作品を搬入したばかりであった。「あぁ派手にオープニングパーティーを開きたかったのに」。こんなときに「エロスとヌード」がテーマの個展を開催するなんて……「非国民」という死語まで浮かんできた。

しかし、画廊のコロナ対策もあり、少人数ながら来場者も作品と向き合ってくれ閉館まで無事に済んだ。コロナ取材で来ていたカメラマンが、マスク姿の来客と作品前の私をうまく構図を決めて撮影した。

個展終了の翌日、営業自粛要請が出され、全てのギャラリーがロックアウトされた。生きる基礎を再認識し、寄り合って過ごすファミリーを見て、幸せを感じたり、全てが終焉しそうな日没に悲しみを覚えたり、平安がないと目標を定めても何ともならないことをますます免疫力の付いた身体を深く感じるのであった。

ヌード絵描き

「また来てね！」。美術モデルさんを駅まで送って帰る車中、次作は誰にしようかと思い始める。花や風景も描くのだが、「ヌード絵描きのよでんさん」と呼ばれている。

企画展のオファーが多い人気者ではないが、それでも毎年、日本のどこかの都市で個展を開いている。男心をくすぐる飛び切りの女を描こうとは思っていない。ひたすら、楽しいモチーフなのだ。

絵画ブームの波に乗り遅れたが、チャンスにも出合い、フェチやエロスで人気の銀座の画廊でコレクターやモデルに囲まれて、華々しいパーティーをしたこともあった。

展覧会にはサブタイトルがついていて、「ヌード花の部屋」「花の溜まり場展」「ヌードぢから」など自分の名前より目立ってしまう。アトリエや教室にモデルさんを呼ぶので、名古屋モデル事務所三十年の歴史を語ってしまい、少しばかり盛り上がる。

さりげなく、自然な表情、しなやかな姿勢、優美なポーズなどが好きだが、イラストレーターなどの使う構図にも関心がある。テーマは何か、と聞かれても「エロス」「健康美」「同性愛」「ロリコン」などと考えているうちに答えるのはアホらしいので止めておこうということになる。

ときに「自分を描いて」と依頼もくる。アトリエに彼氏同伴、母親同伴だったこともあり、ちょっと描きづらい。でも、私の作品でずらりと囲まれた彼女の部屋の写真をみせてもらった時などは、今日までずっと描き続けられたことに感謝する気持ちが沸いてくるのだ。

ヴァニラ画廊個展
作家の都築響一氏・私・モデルさん

どこもここも女のような猫がいて
飛田新地は春がふらふら

忘れないで忘れないでとこまやかな
花咲きそうな今日のおとずれ

夢の乙女電車に乗って

昭和三十年代の大阪府郊外、まだでこぼこ道や田畑のあぜ道がそこここにあった。池のどでかいオタマジャクシを掬い、かさぶたのできた肥溜めをジャンプ、（たまに浸かることも）したりと走り回っていた私は野生児であった。松下電器の社宅に暮らす平凡なサラリーマン家庭であったが、両親は無理をして小学校から高校までミッションスクールの女子校に入学させた。本人はうれしくないのだが校舎がアントニン・レーモンド氏の設計で、全てフランス製、その威圧感と、ガイジンのシスター達にドキドキしてしまったことを覚えている。創立は一九二三年、フランスから七人の修道女が船で来日し、大阪の香里園の丘の上に学校を開いたのだ。変わり者の私が何のイジメにも会わず十二年間も檻のような楽園で、少女漫画のような情景を毎日見続けて、ますますの変わり者と成長したのである。

当時でも時代錯誤だったかもしれない学校名のプレートを付けた専用電車まで走っていて、今なら批難を浴びる特別扱いであった。やがて時代の波に取り残され列車は廃止、校名も共学になったので変えられた。経営方針も、経営者も変わり、今はそれなりに良い所を続けてうまくいっている様子である。校舎は国の有形文化財としてマリア様のルルドの洞窟と共に「聖母女学院」時代の姿を残している。

あの学校でなかったら私は別の人生を歩いていたと確信する。自分の理想郷、と言うよりも五十年前の日本は無理をせずに進む道を歩いていた気がするのだ。ある程度のレベルの子でも大学に進学せずに職に就いたり結婚したり。とびきり上等のマイペースの生き方ができたのだ。競争、偏差値、デジタル社会、になった今、乙女電車に乗り込んであの校舎に戻りたい。あの丘の上、イメージ的には一年中、桜の花が咲いているような、私の大切な楽園。

持ち上がる波崩れゆく波
精神感応（テレパス）力者も来る夏近き海

ああもこうも思い通りにできなくて
くしゃくしゃの紙ポイと捨てたり

夢の通路

寝仏の真似して遥か沖合いを
ほほに手のひらあてて見ており

環礁に二人でいればたちまちに
珊瑚にならんこの有機体

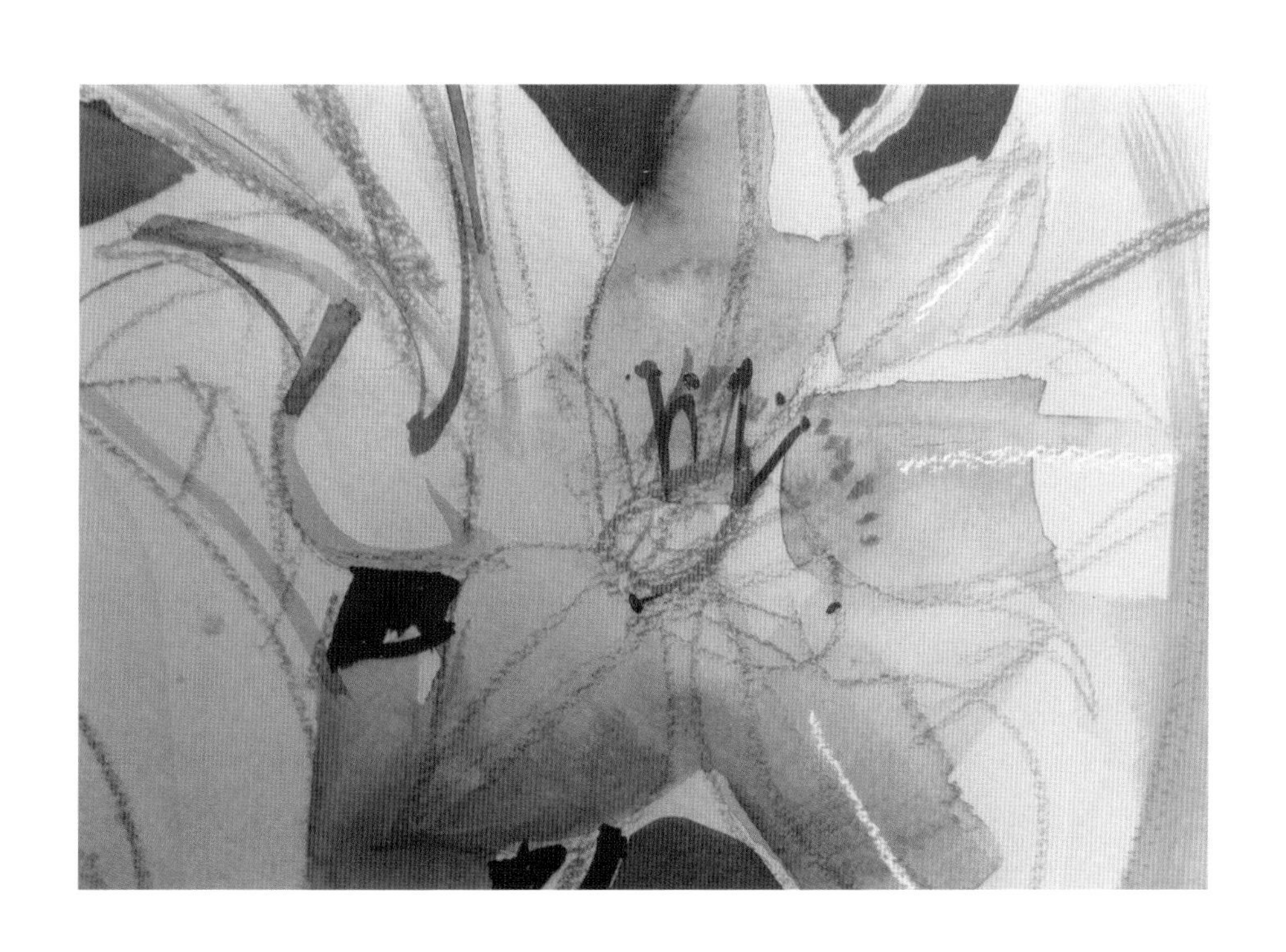

バカ貝はバカのふりをしている

訳のわからぬ病やブルーな社会現象が増え、わくわくしたり熱くなれる居場所が減っている。自ら五感を必要としないよう努力しているように思う。子供や若者は初夏は海へ、そして潮干狩りに行こう。東京のネズミの国も大阪の映画の国も、名古屋のプラスチック工作の国も悪くはないがしょせん人工の場所。

私は貝マニアの友達家族と愛知県の幡豆（はづ）の海に向かった。かつて無料の浜もあったが、地球温暖化のせいで苦労して一部養殖もしている。有料だが天然の磯と砂浜の広大なフィールドを自由に移動できる。この海を守ることが社会や人類の治癒（ちゆ）になると私は思うけど。

浜に下りたら「???」アサリを掘った穴の囲りにぺちゃんこの貝が散らばっている。否、捨ててあるのだ。よく見ると砂抜きがめんどうで嫌われるバカ貝達だ。いつも殻を半開きにし、ぺろんとオレンジの足を出しているから〝バカ〟って呼ばれるのだ。ビノス貝、シオフキ、マテ貝、ハマグリ、アサリ、アカニシ……たくさんの貝を掘り出した。泥、岩、砂とそれぞれの居場所を判断し、他人の手の入ってない地形を定めて探す、手に触れた貝がギザギザだとアサリ、固くつるつるだとハマグリでまさに五感呼び覚ましゲームではないか。ああだ、こうだとうろつき回っているうちにお尻が海水に浸ってしまって、自分も海の生き物の仲間入りだ。

砂出しに苦労して料理するのも面白い。ちなみにバカ貝はゆでると「あおやぎ」と呼ばれる珍味になる。この差別用語はなはだしいバカ貝、ヒトデなどの敵におそわれると足で海底を蹴って飛びはねて逃げるそうだ。だから半開きでベロを出しているのか。図鑑で調べてバカ貝はバカのふりをして実は賢いことも学ぶことができた。

お互いを噛みあうようなひなげしも
あと数日でここに咲くはず

過ごしやる春の×××状態
よくよく死して又帰り来よ

人も輝く自然の恩恵

私はヌード絵描きであり、日本熊森協会の会員である。クマたちの棲む豊かな森を次世代に残すための一般財団法人で、実のところ私は年会費を払うだけの役立たずである。知り合いの彫刻家を目指す若い美大生の女性が、愛知の林業関係に職を決めたと言ってきた。なるほど、木彫だからと思うが、めちゃくちゃハードな仕事であろう。アルバイトでヌードモデルをしていたことが両親にばれて、大学院も卒業なので私とはお別れの時がきてしまった。

寂しくなってしまうし、がっかりだ。しかし、エコとアートの両面に進むことを選択した彼女にエールを送りたい。自然を守るための取り組みがスタートしたことにもなるわけだ。森の雨は、ワラや腐葉土の中に蓄えられ、その過程で栄養分が溶け込み、ゆっくりと川へ、海へと流れ込んでいく。森林は、漁業環境の保全にもしっかりと結ばれる重要な立場なのだ。

若くてポーズが上手で、芸大の大学院まで進学した素晴らしいヌードモデルさん（かつては予備校・河合塾でデッサンの先生のバイトをするのが当たり前だったのに）これからは夕ガネ、ハンマー、チェーンソーを会社とアートの兼業で使っていくのだ。心から彼女の熱いハートに拍手を送りたい。

豊かな自然で人も輝く。日本熊森協会の活動も森がこれ以上、裸にならないよう、全国レベルで活動が継続されている。大雨などで山の斜面が、突然崩れるニュースが近ごろ相次ぐが、原因は下層植物のない人工林の土砂が流出するためでもある。本来は自然工法による土留めしかないのである。

私は土留めの手伝いはできないが、クマを守ることは、人を守ることをメッセージしたい。

埴土（はにつち）の上をフラリと流れたり

滴となりし（……わすれないでね）

〈睡眠も死とかわりなし〉

ありふれた発想一つポンとでました

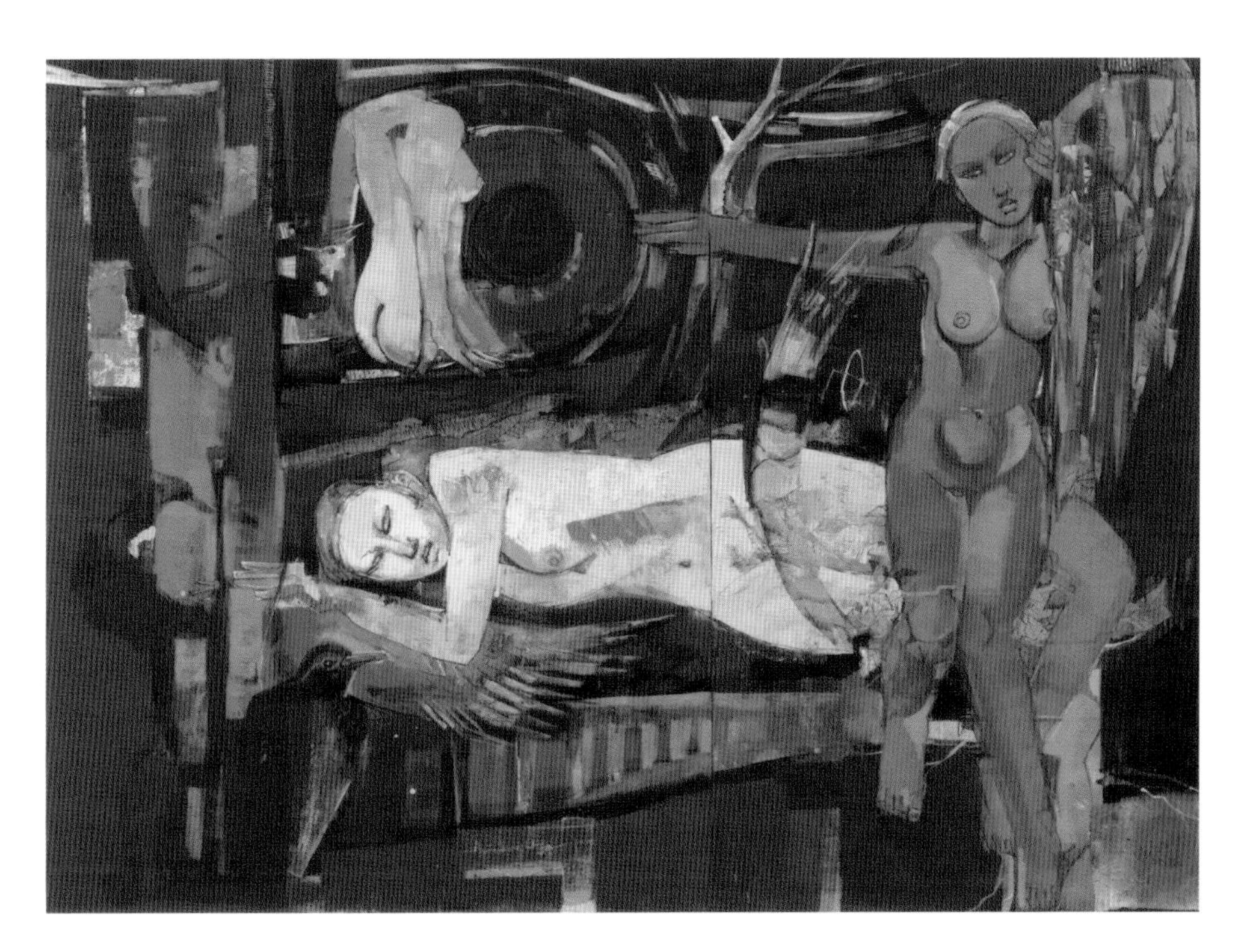

修羅の羽

声援はAI・チアガール

無人の東京・六本木新国立美術館に展示された絵画の大作が、ウェブ配信されている。ゆっくりとカメラが移動して、私の作品も登場した。所属する団体展の第百十六回目は突然に閉館が決まり、初のリモート展？　になってしまった。

心配そうに地球を眺める太陽も、コロナの三文字に囲まれてキャラクター化し、地球全体が翻弄されている。〝変異〟なるミステリアスな言葉が平気で受け止められる。私の個展は二年連続でコロナに絡まれてしまった。

丸四日間かけて審査を済ませ、展示飾りつけ作業を終了し、あすオープンという日の夕刻に「緊急事態宣言」延長の文化庁通知で美術館閉鎖が決定した。絵は本物を見ないとだめで、音楽のライブ配信とは違う。

〝無観客美術展〟、昔流行したアングラ芝居のタイトルみたい。これにすっと合流していける現代人の順応力。これでもか、これでもかと変異してお互いによくやるものだ。

東京五輪・パラリンピックも無観客の場面も覚悟しているのだろう。その上には、さらなるグッドアイデアも企画されているに違いない。AIチアガールが「ニッポンガンバレ」と叫ぶ感動シーンも浮かんできた。その声援がパワーとなり、金メダル獲得！　平和の祭典でもビジネスの祭典でもなく、ＡＩスポーツ大会となっていくかも。

これからは人工親友と出会い、友情を育てていくことがあるかも知れないし、子どもロボットや人工恋人、テクノ介護人、メカペット……ああそうか、もうそうなっているんだ。卓上のスマホと呼ぶ、ぺったんこ型友達もいるしね。いまさら、新時代という言葉もなにか白々しい。もっと速く変異して、異なるものなってしまうのだから。

バラ色の日常がもう少し先にみえているような気がしてきた。だから、今はとにかくワクチン接種、いざワクチンなのだ。

コバルトブルーの空

電車の中で本気で眠っているＯＬさん。少し身体を傾けて、少しずつ体勢を変え私に寄り添い、安定した場所を探り当ててくる。知らない人とどれだけの停車駅を通り過ごしたのだろう。目的の下車駅に着いたとたん、私はキープしていた見知らぬ女性との一体感を中断させた。きっと彼女の夢物語も。

すっきりと冬がやって来た。コバルトブルーの空を見上げたら、空気中にあった一年中の溜まったゴミのようなものも消え去ったようにみずみずしい。もう一回人生をやり直せるような、ちょっと青春が帰ってきたような、そんな気持ちにさせてくれる。電車の中の乗客の体温さえも、冬の街での出会いと思い出になる。

二度と会わないお姉さん、そして十二月よ、ありがとう。

肉を焼いただけのステーキ、切っただけのサラダ、缶詰を温めただけのスープ、焼きたてのパン……。あまり調理しないものが四つ星ホテルのディナーよりも美味に感じることがある。シンプルなぜいたく味だ。ついでに断捨離なんかしたら、もっと生活にゆとりが出てくるかも。

人の人工多能性幹細胞（iPS細胞）から神経細胞を作り、パーキンソン病の患者の脳に移植することに成功したそうだ。結果は今後の観察ということである。枯れていく花の軸に、針金を通すような痛々しさを感じるが、素晴らしい医学の進歩である。

こうしてまで生きていくということも人間が作り出した一つの贅沢だろう。シンプルな贅沢が良いのか、コバルトブルーの空の下で考えてみたが、答えは雲の上のようだ。

炎天に失いしものヒトツ……フタツ……
数える指に火が着きそうだ

身に馴染む水上生活バケツより
水を被りて見るクウエー河

春の夢

モーニングの蓄積

喫茶店の開店後、午前中コーヒー一杯のお金でパンや卵がついてくる。この名古屋発のモーニングサービスを食べながら、週刊誌を読んで過ごすのはとても楽しい。このところ日々状況が変わり、変わる前に即座に判断して生き抜いていくことが重要になっている。

絵の世界も同じだ。もともと三次元も俗なものも、アートになり得るが、デジタル化や漫画も仲間入りして、何がファインアートか？　などと言ったら笑われそうだ。また「アーティストですか？」と聞かれ、「油絵描きです」と謙遜したつもりでいたら、ややこしいことになるだろう。

西洋からきた油彩画は日本人が世界一描いていると思うし、ドイツ人が岩絵具で日本画を描くと、もともと中国由来だよと言われ、ニューヨークではキティちゃんが現代アートに出現したりする。あぁ面倒臭い。

ゆで卵の殻を少しずつ破りながら、勉強はエスカレートしていく。タレントの浮気、皇室の悩みごと、政界汚職、経済問題、ペット自慢、ちょいエロのグラビア……。会ったことのない人の素顔やブラックな出来事がそこかしこに出没し、長年の深い謎が解けもする。

このモーニングの時間を人生でトータルすると、驚くべき蓄積となるだろう。

　無駄とはいわないけど、否、見えない物が見え、考えないようにしてきた物を考えさせられて、我慢しているものを解放してくれた気がする。たとえ、薄っぺらな知識であっても、なにかの役に立ってくれそう。

　トコトン自分を信じて変わっていく世界を泳いでいかないと。画布に描いていくことと同じことなのだ。

硬券を手にして

コロナ禍以降、家の中にテントを張ってキャンプのコスプレを楽しんだり、電動カブト虫で昆虫採集したりして過ごす生活があるらしい。子どもたちがイビツなヒトにならないように、〝人〟という自然が破壊されないように、本能や衝動、五感を大切に、あえて本物を求めて暮らすスタイルは、私も同感だ。

私は田舎育ちではないが、都会よりは田舎に憧れる。空気が澄んで、ちょっと心も冴えてくると、秋の彩りを添えた田園風景は恋しくなってくる。もともと稲穂フェチで「実るほど頭(こうべ)の垂れる稲穂かな」なんてメッセージがらみの俳句にも感動してしまう。

先日、滋賀県の愛知(えち)川宿のギャラリーで関西の絵画グループ展があり、私も参加するために近江鉄道に乗車した。ここはかつての中山道六十五番目の宿場町だ。近江八幡駅で切符を買うと、なんと本物のあの渋い硬いボール紙で、パチンと穴を開けるところまで昔のままで、驚いた。新幹線の裏が黒いのも本物だけど、私の指先はワクワクしていた。

明治の鉄道創業期から発行されている「硬券」と呼

ばれている乗車券のスタンダードである。無人駅のある路線などではまだ、使われている。自動改札を通れない絶滅危惧種だ。

車中では近江の歴史や史跡案内のアナウンスもあって、楽しくなってくる。本物の土屋や木で建築の家々も古民家だけでなく、新築もあり地元のプライドを見た。畑も小川も美術展のように配置されている。いくら、自然は美しいといっても仕事や生活が苦しいと、農業や林業の職を辞めて、工場勤務や都会に出てしまう。ここは維持しているから、恵まれた土地なのだろう。本物の中に身を置くと、自分も一本の稲穂になって、風の中に揺れている気分だ。

毎日があまりに速く過ぎていく
ジブンの顔が前方にあり

少しずつ色あせていくエスキース
夢見心地のままのみずいろ

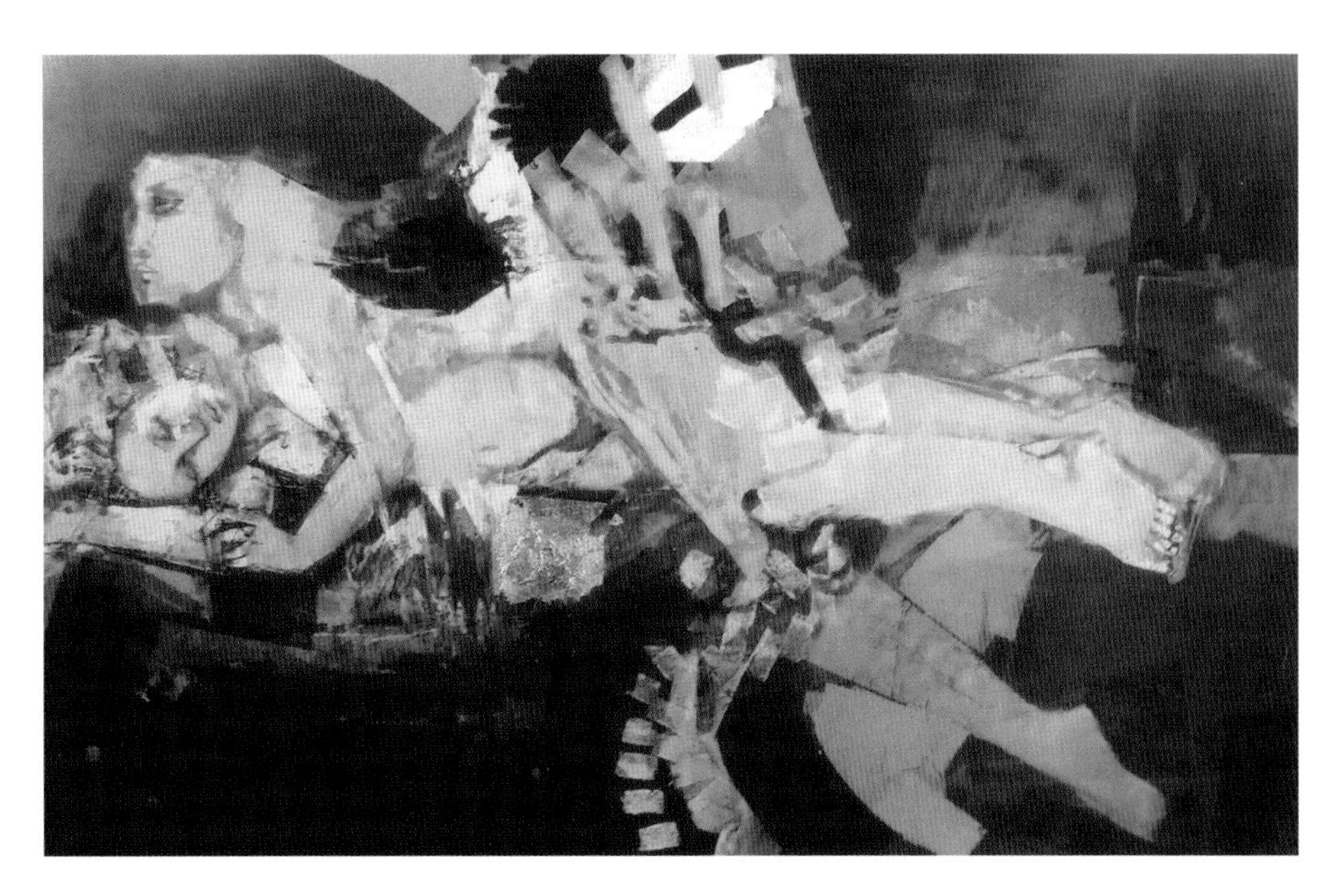

合わせ鏡

『折り梅』の思い出

梅は樹皮から養分を吸い上げるため、幹が折れていても、がらん洞になっていても、平気で花を咲かせてくれる。二十年ほど前のこと、松井久子さんという監督が『折り梅』がタイトルの映画を作った。シナリオがほぼ実話で、私の絵画教室の生徒さんが主人公役だったので私のアトリエにロケに来られたことがあった。

絵を習いたいと、お嫁さんに連れられて八十歳のマサ子さんが来られたことがきっかけである。やがて、マサ子さんのアルツハイマー型痴呆が進み、やり直しできない水彩画が楽しくないことになってしまったのだ。そこで失敗しても、上描きオーケーの油絵をお奨めしたとたん、みるみる味わい深い作風になり、展覧会で受賞までした。本人も明るくなって、このことでテレビ局が取材にきて、ホップ・ステップ・ジャンプで映画化が決定した。まさに『折り梅』だ。

しかし、実は老人に優しくない私が、ここをロケにお貸しするのはどうかなと迷うことになった。お嫁さんが介護日記のような本を出版し、内容も絵が全てではないのだからということで協力を決めた。

ロケの日、主役のマサ子さん役は女優の吉行和子さん、お嫁さん役は美しい原田美枝子さん、そして絵の先生（私）は歌手のリリィさんであった。キャンバスをイーゼルに用意して、エキストラで生徒さんたちも出演することになり、女優さんたちが素敵すぎること以外は、ほぼ実話のシーン。昼には吉行さんが私が当時ペットで飼っていたグリーンイグアナにパンを食べさせて下さり、今思えばもったいなくも……という思い出。

これからは私自身が〝折り梅〟になるのかな。春のムードを少し感じるときはいつでもこの映画のことと、「忘れてもしあわせ」が原作になるご家族のことを思い出すのだ。

画集愛

「出版」という言葉は酔いやすい。私は過去にそれぞれ二冊の詩集と画集を出版した。かつて、広告代理店のデスクでは、キャッチコピーを書かせてもらったり、旅行雑誌にルポを執筆して印刷物になってはいたが、それは他から頼まれた仕事のことであった。

自分で絵を描き、自分で表紙をデザインし、自費で発行部数まで決めて、となるとやはり酔いやすい。自己満足の山頂だ。おそらく、日本の絵描きが出版する画集は世界一多いだろう。

いま、所有することをできるだけ減らそうとしている。断捨離だ。消費依存脱却の時代に、デジタル版ではなくて、たとえ小さなものでも冊子として出版してしまうというのは、どうかしらと考えた。

画商は、絵が売れるより先に画集が売れてしまうよ、と私に告げたが、その通り、前回のは品切れとなっている。とりあえず、コレクターや友人が買ってくれたのだ。私のささやかな欲望が満たされて、少し自分のメッセージが届いたのであれば、それはそれで十分なことなのだ。

世の中の変化は激しく、私がすごい流れの中に飛び込んでも、とても付いていけそうに無い。ならば思い切ってアナログの油絵を、モデルさんまで使ってたくさん描いて、企画展のチャンスがあれば即、お願いして開催してもらいできれば海外など広いフィールドで発表したい。

十九世紀のフランスの女流作家、ジョルジュ・サンドは自分の顔のしわを伸ばすために、次から次へと新しい恋をしたそうだ。どこかそれと似ているかも。

雪舟になろう

「アーティスト・バンク」という企画があって、あちこちの小・中学校から呼ばれときどき、水墨画の出張授業（ワークショップ）に出かけさせてもらう。一日体験で、その道の人から課外の知識を〝お楽しみ会〟のような形で参加するという企画だ。

低学年のクラスから「このあと給食なので、よかったら」と誘っていただいたこともあり、各学校の空気を少しは味わって帰るのだ。二時間以内のことが多く、水墨画の世界をぐっと縮めて、墨のすり方や高度な技法はかっ飛ばす。学童用丸筆を取り、〝にじみ〟〝ぼかし〟を描いたら、そこからもう本番にしなくては。

「人生と同じで失敗したら消せないが、それも味にして描きましょう」なんて、図々しいことをサラリと言わなくてはならない。

スーパースター雪舟について知っているのかと聞くと、「ねずみの人」「小僧のとき、叱られて涙で足でねずみをそっくり描きました」「室町時代の人で、作品は国宝になっています」とだんだん、答えがしっかりしてくる。みんな、自分の机のタブレットで検索しているから、かわいくない。その上に、バーチャル富士山や山水画の画像までチェックしているではないか。

「こらっ、五感で描くんだよ」。持参してきたモチーフを各テーブルに配り出すと、雰囲気が変わった。蓮の実を取り出すと「ハチの巣?」、タカアシ蟹の甲羅を見せれば「祓らせて」、大ひょうたんは「本物見たのは初めて」、カラス瓜の実は「果物?」と、こんな答えに終始したが、子どもらしい。見たことが無いのだ。

さて、和紙の前に立ち、一発勝負の不安とスリルを楽しもう。躍動感のある線や濃淡が表現されていく。雪舟が中国ふうから独自の墨画を生み出したように、みんな雪舟になって満喫してくれたらそれでいいのだ。

〈絶望〉のポーズで眠りはじめしも
車窓に頭打ちて覚めたり

本当、　本気、　真実、　誠
ほどほどにして元の木阿弥

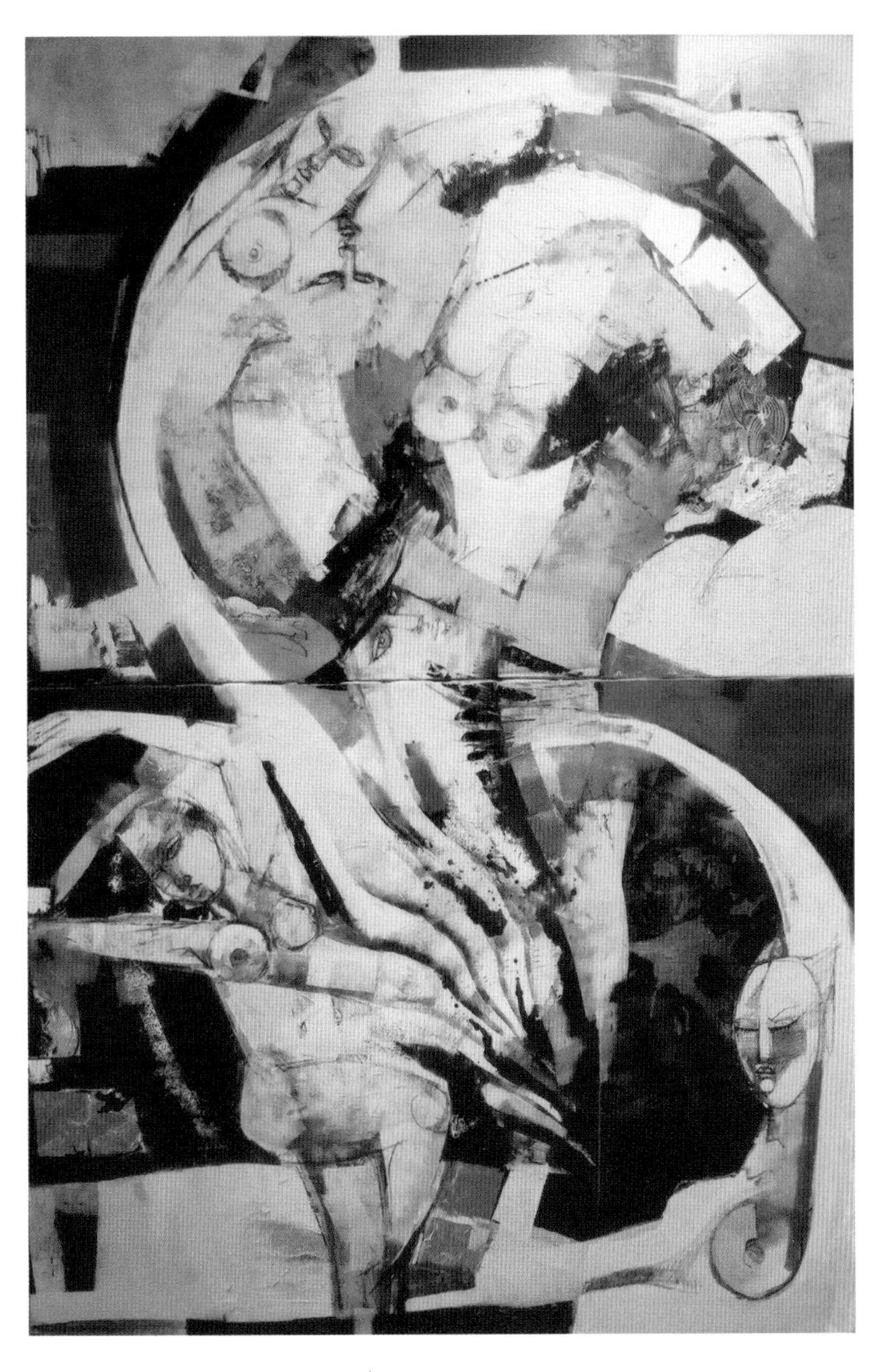

春のペルソナ

巨大クスノ木と共存する駅

関西の京阪電車萱島(かやしま)駅に、七〇〇年も生きている巨大クスノキが駅舎を突き抜けて保存されている。六十年近く前、私はこの木の下にあった絵画教室で油絵を習っていた。まっすぐの長い髪の美しい奥様画家と、なぜかカウボーイのようなスタイルで英語を教える御主人が開く教室であった。九歳の私には妙に、そのムードが御洒落で、まさにここにはよくわらんがアートがある——と当時大流行だったアバンギャルドな（今は死語かも）気分に浸っていたのである。時々神戸の方から作家が来たり、「グタイ」だの「ドクリツ」だの私には理解できないアートシーンや会話が聞こえて来て、そこが又妙にうれしかったのだ。

ある日、駅を拡幅する為に神社の神木であるこの木を伐採することになりアトリエも移動となった。私はショックを受け、町の広報に生意気にも「木を切らないで！」という文章を投稿した。又周辺の人達も切るとたたりがあると反対し、それがみとめられ、現在の全国的にも珍らしい巨木のある駅となっている。私は木ではなく本当は絵画教室が別の場所に行くことが嫌だったのだ。「女の絵描きならみんな女子美よ」と女の先生の言った言葉を真に受けて、私は東京の女子美術大学に入学することに決めたのだが、女の絵描きは他の美大出身もいることが後に判明した。まあ、いいのだ。オール女子校で良かった。クスノ木教室の先生はどうしておられるのだろうか。パソコンで検索したらずいぶん分前の作品が載せられているだけであった。

たまに関西の実家に帰り、特急列車でこの駅を速いスピードで通過するが、「あっ、クスノキ教室だ」と一瞬だけ巨木に挨拶する。

西日暮里の路地に昭和を謳歌する

　画家の浅井忠らによって設立された明治美術会は、明治三十五年に吉田博、丸山晩霞らにより太平洋画会と改名され、日本最古の美術団体として活動を続けている。私もこの会の会員の一人であるが、他の絵描きから「日本最古の会ですね」なんて言われて余計な言葉だなあと思ってしまうのであるが、確かに最古。固まった作風はなく自由でいい会だと思っている。その本部が西日暮里駅に近い丘の上にあり、時々会合に出席する為にその丘を登って急坂で「やーれやれ」とつい言ってしまう。高村光太郎卒業の小学校を右に見たらすぐピンクの可愛らしい建物が太平洋美術会の事務局、本部である。

　この辺りには明治、大正、昭和のムードがしっかり残っていて、下町観光の穴場なのである。時代の進歩を享受することに耐えられなくなったら雑然と溢れる懐かしい物達に会いに行こう。そう言えば本物の悪ガキとか町の一角に座を占める隠居さんなど見かけなくなったな。西日暮里には赤ちゃんを背負ったお母さんやパンツ一丁の子供、上半身裸のおじさんも発見する事があり、感激してしまうのだ。

「夕焼けだんだん」と呼ばれる所まで歩くと、日暮里の駅が近い。その間中ずーっと谷中墓地の線香の匂いがしていた。駅は荒川区なのだが一部は台東区にまたがりホーム内に境界があるという。輪廻転生、生と死、なんかわからんままに心はあの世に行ってしまいそう。

夏の夕暮れ、洗面器を持って子供時代は風呂屋に行った。父が松下のサラリーマンだったので、風呂の中で「明るーいナショナールなーんでもナショナル」と歌って大人達に笑われていたと母が話してくれたことがある。一歩横町に入ると半世紀以上も前の私がシミーズ一丁で立っていそうである。

押し入れに一度限りの死を終えて
蓮華田のごときスカートいずる

ふふふふと笑うごとくに如月(きさらぎ)の
ゆうぐれの雲ひとすみに寄る

エミリー

新しい色が生まれる

春ムード満開である。春の色が私たちの周囲に生まれ続けている最中だ。絵を描く人にとっては一番身近にある「色」は絵の具だ。基本は三原色を中心にして、虹のサークルを自分で作ることができる。

春の色は無限だ。人間として、原始的な始まりとしては、「土」から様々な色が創造されてきたということか。原始人になり、炎の色を感じてみたいが、このごろ本当の炎を見てワクワクする機会が減ってしまった。

他人と同じスタイルは嫌だというこだわりが、最も進化した現代人の形になってから久しい。その両親に育てられた子どもたちは、自分で色を選んでコーディネートしたりもするらしい。私など女は赤、男は青みたいな子ども時代を知っているので、その変化のすごさは驚くしかない。

アボガドグリーン、サファイアブルー、スモークレッドなどなど、絵を描く人間でも面倒くさい名前のバリエーションが増えている。おしゃれでもあり、とっても面倒くさい色の細分化、全体を知ることはとても無理だし、知ったところで虹のサークルの中の一部分にすぎない。

さて、今年の流行色は？　新しく企画された新色グループか、レトロ復活版の組み合わせか、そんなことの繰り返し。ネット世論誘導の時代なので、デザイナーやメーカーも作戦早い者勝ちということなのか。

しかし、このごろはありとあらゆるパターンがあり、勝手に流通して消えていっているようにも思う。ビビッドカラーもエスニックも中間色も、何もかもが自分お一人で選んでください、という感じ。ノーアイデア、一人一色の時代、やさしい春風の中からふわっと浮かんだ私だけの色が見えますか。

狛犬の矜持

「六十歳を過ぎたら会社を退職し、イギリス人の真似ごとのようなサラリーマンスーツを脱いで、〝素〟の生活を過ごすんだ」と知人の男が言っていた。その後、〝素〟になったはずの知人にばったり、街で会うと、おしゃれなブレザーをピシッと着て、町内会の集まりの帰りだという。

これは、どこかでステータスを維持したい、ただのおじいさんでは嫌だということなのだろうか。Tシャツに短パンでパチンコ店に通っていても、その方の老後がだめになるとは思わないし、収入がゼロでも別に気にしないのに。

やっぱり人は、死んで記憶がなくなる日がくるまでは社会生活を営み、安心して生きていける――そこが日本人のいいところかも知れない。

「イタイ、イタイの飛んでけー」と呪文を唱えてもらえば、ぶつけた足の痛みもやわらいで気分もホッとする。「イタイ、イタイのくっつけー」では泣けてくるのだ。昔の歌がラジオから流れて、「村の渡し船頭さんはー今年六十のおじいさ〜ん」と歌ったら、六十過ぎた私も「ギャーッ」と叫んでしまう。若者おじさん、若者おばさんは、無理すれば百歳ま維持できるかも。

呪文、コスプレ、人と社会の関わり合いなどなど。勇猛美あふれるインドのライオンは、西洋で力強さと若さのシンボルに、中国では想像上の魔力を持つ獅子となった。日本に渡ったら、お社を守る狛犬となり、魔除けのシーサーと姿を変えた。

今の時代しっくりくるお飾りであり、矜持としてイメージキャラクターにしたいのはなぜか狛犬さんだ。

極彩のショートパンツをすっとはき
夏の気分はすたすたと来ぬ

眼下なる雑木林の扇状地
電子オルガン響かせている

釣り女の旅

あっという間に釣りシーズンとなった。海水は絶え間ない流れの中にあり、川よりも多方面に分散する。人の細胞の構成が常に新しく作られていくように二度と同じ水ではない。私達の細胞も一年くらいで全く別の肉体となり一人分の細胞をすっきりと死んでもらっているわけだ。さようなら昨年分の私の古い細胞達――。

私の趣味はバックパッカースタイル釣りの一人旅だ。ボルネオ島の離島、マレーシアの田舎の港、出張先の隅田川の橋の上……いつでもどこでもOK。嬉々となる時もあればそうでない時もある。こうして海面と向き合っていると、漁港はたちまち人生の無常哲学、というか全ての事から私を解放してくれる。

「ドカン」とした手ごたえ、ググッとくる魚の生体反応は若返りのパワーをかき集めているような嬉しい手ごたえだ。魚には申し訳ないけど。二十センチそこそこのコッパグレだ。リリースする。実は腕はたいしたことないのだ。ン十年もやっているがそんなに技術が上がることもなく、独学初心者である。しかもナマ物、刺身がだめなので人から笑われている。危険すぎず、便利すぎず、程良い刺激を求めてこれからも旅をしたい。

さっきのヒットからさ程間を置かず再び竿先が震えた。今度はもっと小さい。本当はマダイを求めているのだ。全ての細胞が死んで全身が別の物に変わっても、マダイを釣りたいという欲望は置き変わらない。そして半世紀以上も生きてまだいつか自分は立派な大人になるんだと本気で思っている。もうとっくに終っているのか。ＷＨＯ（世界保健機構）の定義では六十五歳以上を総まとめとして〝高齢者〟と呼ぶ、だから私は未完成高齢者。しかし老人と高齢者は同じではない。老人にはなりたくないからもう少し旅をしよう。

追記

この一冊は名古屋のマスコミ業界紙「新聞報」に平成三十年七月二十日から現在までに掲載した「一筆一話」のコラムの文章に少し書き加えて、まとめたものです。編集長の菅沼東平様や、刺激的な現代美術作家の山田彊一様にお世話になり感謝申し上げます。又短詩（短歌）は以前出版した二冊の歌集からの選択で、短歌人の故蒔田さくら子様にもご恩に感謝いたします。これからの私達の進行形が心の豊かさと共にありますように。

令和四年十月十九日　アトリエにて

※「新聞報」は創刊して来年2月に七十周年を迎えます。今の代表は二代目の方です

プロフィール

よでん圭子　Keiko Yoden

1955　大阪に生まれる
1977　女子美術大学芸術学部　洋画科卒業
2007　「墨画トリエンナーレ富山」優秀賞
　　　（富山県立水墨画美術館収蔵）
　　　「人間賛歌大賞展」奨励賞
　　　（北里研究所メディカルセンター収蔵）
2008　「花の絵画G展」
　　　（八王子そごう美術画廊、東京大丸美術画廊）
2009　「太平洋美術展」「夢の通路」内閣総理大臣賞
2010　「中部の潮流52人展」（5/Rギャラリー）
2011　「よでん圭子展」（ギャラリーヒルゲート）
　　　「現代日本の視覚展」（三重県立美術館県民ギャラリー）
2013　「ヴァニラ画廊大賞展」奨励賞
　　　「女のたまり場展」（ヴァニラ画廊）
2014　「ヴァニラセレクション展」（ヴァニラ画廊）
2015　愛知芸術文化協会台湾交流会 華山文化創意園
2016　「CAF.Nびわ個展」（大津歴史博物館）
　　　「愛知芸術文化協会20周年記念展」
　　　（ノリタケの森ギャラリー）
　　　ベルリンアートフェア出展
2018　「花のヌード展」（刈谷美術館）
　　　「ヌードぢから展」（イナガキコスミックギャラリー）
　　　「花のヌード展」（ギャラリーアガテイ）
2019　「AN OPEN MIND展」（由布院駅アートホール）
2020　ギャラリーディマージュ個展
2021　「森の眼展」（ミュー自然美術館）
　　　「花と少女について」（ギャラリーヒルゲート）
2022　「森の眼展II」（ミュー自然美術館）
その他 上野の森美術館大賞展入選
　　　熊谷守一大賞展入選　個展多数

現在　太平洋美術会理事　愛知芸術文化協会会員

著書

歌集　「ビルのカフェーのお菓子はすてき」 みぎわ書房

「UTA-UTA」 新風舎

画集Ⅰ　「よでん 圭子作品集」 アイブックス

Ⅱ　「Drawing work of AN OPEN MIND」 アイブックス

Ⅲ　「花と女達が見た夢」 アイブックス

「山と渓谷」・ＪＴＢ「旅」 などにエッセイ・ルポ掲載

新聞報　「一筆一話」コラム

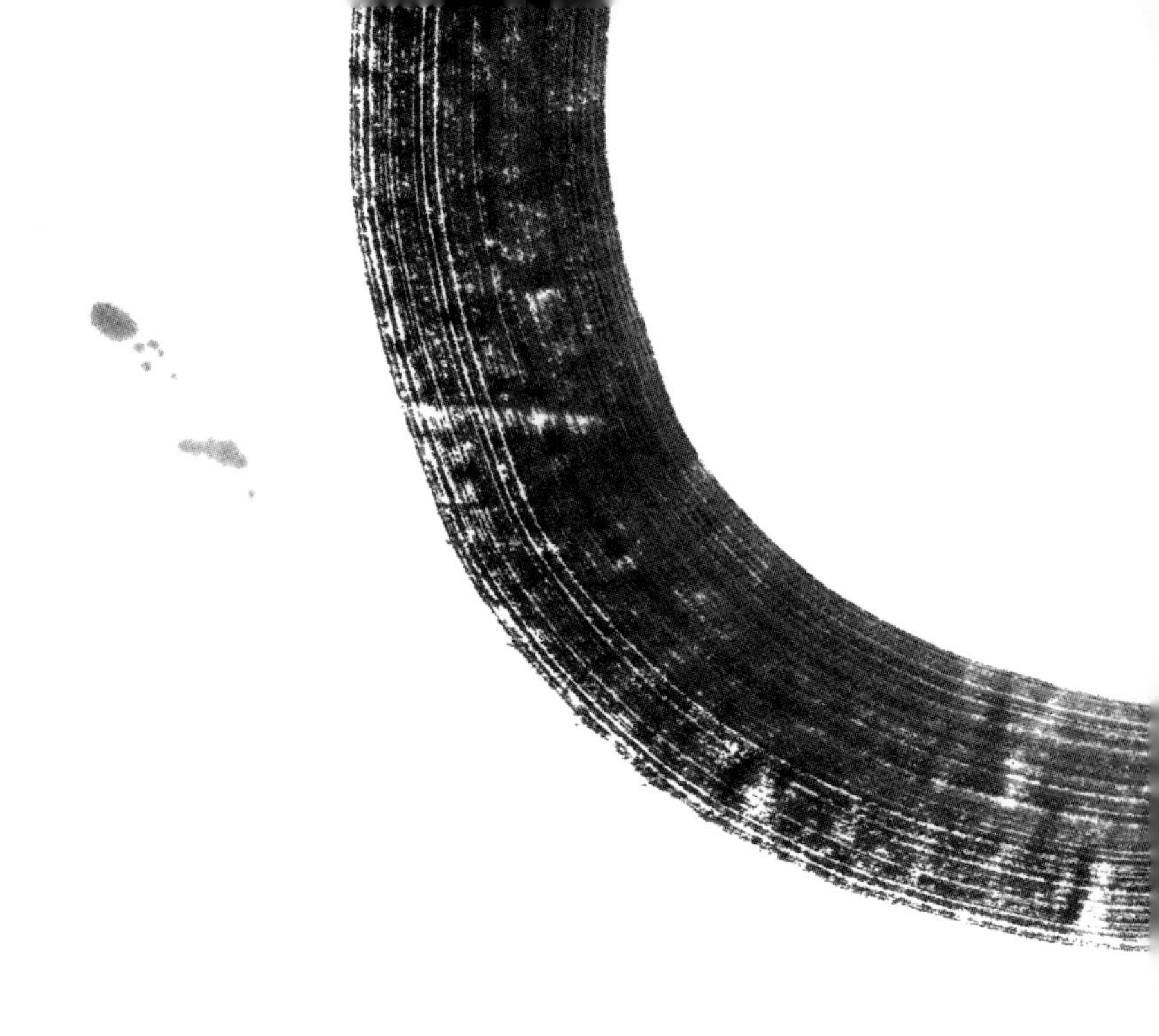

エブリ、シャラ、ラ、ラ

2023年1月13日　第1刷発行

著　者　よでん圭子（けいこ）

発行者　太田宏司郎

発行所　株式会社パレード
　大阪本社　〒530-0021　大阪府大阪市北区浮田1-1-8
　TEL 06-6485-0766　FAX 06-6485-0767
　東京支社　〒151-0051　東京都渋谷区千駄ヶ谷2-10-7
　TEL 03-5413-3285　FAX 03-5413-3286
　https://books.parade.co.jp

発売元　株式会社星雲社（共同出版社・流通責任出版社）
　〒112-0005　東京都文京区水道1-3-30
　TEL 03-3868-3275　FAX 03-3868-6588

装　幀　河野あきみ（PARADE Inc.）

印刷所　創栄図書印刷株式会社

ISBN 978-4-434-31212-0　C0095